LA LIBRERIA DI MOGANO

Paola Gallo

*Le parole hanno il potere di distruggere e di creare;
Quando le parole sono sincere e gentili
possono cambiare il mondo.*

Buddha

Un rumore sordo la scosse all'improvviso dalle sue fantasticherie. Perla era seduta, come faceva quasi ogni pomeriggio, ai piedi della sedia a dondolo su cui sua madre amava ricamare. I lunghi capelli castani scendevano in morbide onde sulle sue spalle. Nel salotto confortevole, arredato con piatti appesi alle pareti e fiori freschi sul tavolo, c'era quell'angolo perfetto per disegnare: vicino alla finestra, da cui si vedeva l'albero di ciliegio i cui rami colmi di fiori in primavera lasciavano arrivare petali rosati sul davanzale. Quando la famiglia viveva ancora a Parigi, a Perla piaceva dipingere usando tante sfumature di colore. Ma ora che viveva in campagna con la madre, le tonalità del grigio avevano sostituito quelle dell'arcobaleno. Non era più entusiasta delle sue opere, era convinta che c'era sempre qualcosa che mancava. Decise di uscire fuori. Immersa nella vallata punteggiata di pittoreschi paesini, la piccola casa antica in cui viveva aveva l'aspetto tipico delle villette della Provenza. Un giardino dai colori tenui circondava l'abitazione. Le tonalità violacee dei campi di lavanda che si estendevano a perdita d'occhio contrastavano con la terra color ocra pallido del suolo ferruginoso, formando una splendida tavolozza di colori. Il bassotto Pierre trotterellò lungo il vialetto annusando qua e là. Erano quasi le cinque. Perla pensò che in quel momento, dall'altra parte del paese, suo padre stava per tornare da lavoro. Riusciva a immaginarlo come ogni mattina uscendo da casa, attraversava la piazza Saint Michel, passava davanti alla cattedrale e prendeva infine la strada sulla sinistra, per arrivare all'Hotel de Ville, dove lavorava. I genitori di Perla avevano deciso di separarsi l'anno precedente. Vedendo la tristezza negli occhi della figlia in seguito a quella decisione, il padre aveva fatto di tutto per renderle più piacevole il soggiorno in campagna. Per lei aveva allestito, nella piccola casa in Provenza, una

stanza con mobili chiari, in stile Luigi XVI, che conteneva
un letto con tanti cuscini in pizzo Battenberg, chintz e per-
calle, un antico comò da bagno come comodino, un tavolo
con centrini di pizzo, un vecchio servizio di piatti in porcel-
lana in bella mostra in una credenza dagli sportelli a vetro,
e un lampadario in ferro battuto, impreziosito da fiori di
metallo, che le donava un'illuminazione calda e accoglien-
te. Uno degli oggetti che affascinavano di più Perla era il
grande mappamondo, lucido come il marmo, con le scritte
marroni in inglese dalla calligrafia elegante, scritte che in-
dicavano i vari Paesi. Quante cose c'erano dietro quei no-
mi, pensava Perla. Osservava i mari azzurri, con tutte le
isole, e le nazioni con le loro lunghissime catene montuose.
E poi c'erano i piccoli laghi, le pianure verdi in cui dove-
vano crescere le più diverse specie di alberi. Le piaceva far
girare veloce quel suo bellissimo mappamondo, e puntare il
dito fino a fermarlo, per scoprire in quale Paese andare. Si
immaginava come un pirata, pronta a salpare verso quelle
nuove terre, quei nuovi mondi che la stavano aspettando.
Decise che da grande avrebbe visitato il mondo. Ma la parte che Perla amava più di ogni altra era la piccola libreria in
mogano africano colma di volumi.

I libri sugli scaffali della libreria erano disposti apparente-
mente in maniera disordinata, quelli nelle edizioni migliori
vicino a quelli più vecchi e malandati. Perla sfiorò con le
dita le copertine: pelle, carta, raso, diversi materiali e tanti
colori illuminavano il legno. Sentì ad un certo punto come
un fruscio provenire da un libro con la copertina color gli-
cine. Si avvicinò, lo prese in mano e lesse il titolo: *Antiche
leggende, incantesimi e superstizioni d'Irlanda*, di La-
dy Francesca Speranza Wilde. Mentre lo sfogliava si accorse che tra le ultime pagine c'era qualcosa che si muoveva.

Impaurita, lasciò istintivamente cadere il volume a terra. Quest'ultimo finì aperto con le pagine rivolte verso il pavimento. All'improvviso, e con enorme stupore di Perla, il libro si sollevò, come se qualcosa al suo interno si fosse alzato. Ed era proprio così: dal libro si liberò un esserino minuto, colorato e scintillante. Perla spalancò i suoi grandissimi occhi blu e restò a bocca aperta, incapace di parlare. In preda a sentimenti contrastanti di terrore e curiosità allo stesso tempo, la bambina cercò immediatamente di capire cosa fosse quel puntino brillante, che ad ogni movimento lasciava cadere a terra una polvere dorata. Lo strano essere si voltò ad un tratto, come se si fosse accorto solo in quel momento della presenza di Perla. Si avvicinò e finalmente la bambina poté guardarlo da vicino. Un volto tondo incorniciato da capelli rossi, due occhietti cerulei, carnagione chiarissima, e due fossette che si formavano ad ogni risatina.

"E tu chi saresti?" - disse, mettendosi proprio sul naso di Perla, poi continuò - "Che strano uomo. Non ne avevo mai visti di così piccoli e paffuti."

Perla, sorpresa che ci fosse quell'essere nella sua stanza, che parlava e che sembrava così buffo, restò impietrita.

"Ti hanno mangiato la lingua?", riprese quello, "Tanto vale fare le presentazioni. Io sono Elenie. Che c'è? Mai vista una fata?".

A quelle parole Perla, esterrefatta, sussultò. Si ricordò improvvisamente che non poteva rinnegare l'esistenza delle fate, perché ogni volta che qualcuno fa una simile affermazione, una fata muore. E lei non voleva rischiare assolutamente di perdere quell'occasione di conoscerne una vera.

Perciò, cercando di presentarsi nella maniera più educata possibile per non turbare la sua ospite, proruppe:

"Molto lieta di fare la vostra conoscenza, signora fata. Io sono Perla."
La fata scoppiò in una risatina che durò a lungo. Era estremamente scortese, pensò Perla. E fastidiosa. Ma la cosa peggiore era che Elenie sembrava essersi ambientata bene, continuando a toccare e far cadere tutti gli oggetti che le piacevano, e non accennava minimamente a volersene tornare da dove era venuta.

Elenie prese subito a provare quelle che chiamava delle nuove pozioni col succo di arancia che trovò nella stanza di Perla, versandolo nelle tazzine da thè, e immaginando che fosse chissà quale prezioso intruglio a lei sconosciuto. Mentre era tutta presa da quel lavoro, si ricordò improvvisamente di un impegno importantissimo per cui era terribilmente in ritardo.
"Lo sapevo! L'ho dimenticata anche quest'anno. Mio padre non vorrà più parlarmi se arriverò in ritardo"
Sembrava davvero disperata. Iniziò a singhiozzare e Perla, che ormai aveva già dimenticato come la fata l'aveva presa in giro poco prima, fu mossa da improvvisa pietà e le chiese cosa fosse quest'evento a cui non poteva mancare. Allora Elenie, acquisendo improvvisamente un'aria saccente, che stonava non poco con la sua tristezza precedente, si mise sulla scrivania e iniziò a spiegare, come una maestra:
"La Lughnasadh, cosa sennò? Ma suppongo che tu non sappia nemmeno cos'è. Ebbene, piccolo cucciolo di uomo francofono, la Lughnasadh è la Festa della stagione calda. Il nome proviene da Lugh, il dio solare. Si onora anche Macha, la dea dei cavalli. Durante questa festa si celebra l'unione tra la forza solare, il Lugh, e quella terrestre, la Macha. I celti sono soliti accordare matrimoni e scambiarsi doni durante le celebrazioni."

Perla, entusiasta di quella spiegazione, come lo era sempre quando imparava qualcosa di nuovo, prese a dire: "Allora bisogna assolutamente che tu ti prepari, potrei prestarti qualche bel vestito, ne ho molti, dovrebbero essere della tua misura quelli per le mie bambole."

Elenie, visibilmente irritata, urlò: "Stammi bene a sentire, a me non interessa sposarmi, almeno finché non trovo la nuvola arcobaleno. Alla festa devo andarci solo per non scatenare per l'ennesima volta l'ira di mio padre. E poi non indosserei mai e poi mai quei ridicoli abiti che metti alle tue bambole. Nemmeno se fossero gli ultimi vestiti rimasti sulla terra o nel regno delle fate."

"E va bene", disse Perla, cercando tutta la pazienza che possedeva, "allora non ti darò il vestito. Aspetta un attimo, che nuvola devi trovare?"

"Anche se ti raccontassi tutta la storia della nuvola arcobaleno, non credo che tu sia in grado di aiutarmi a trovarla", disse Elenie con uno sguardo triste. Perla non rispose. D'altro canto Elenie aveva ragione. Non era stata neppure in grado di convincere suo padre a non separare la famiglia. Come poteva aiutare la fata a trovare quella nube colorata, o come si chiamava, arcobaleno. All'improvviso si sentì un rumore di passi che salivano le scale. La mamma era di sicuro venuta a vedere cosa stesse facendo. Subito la bambina disse alla fata di nascondersi sotto il libro da cui era arrivata. Ma, sfortunatamente, Perla si accorse solo quando la madre entrò nella stanza che un po' di polvere dorata era rimasta sul pavimento.

"Tutto bene, chérie?", disse la madre.

"Certamente, maman", rispose subito Perla.

"La cena sarà pronta a minuti. Ti voglio bene", sussurrò la madre, e poi scese di nuovo, lasciando tirare a Perla un sospiro di sollievo. Elenie, che nel frattempo aveva preso a giocherellare con un fiocco che aveva trovato nel cassetto, sembrava, all'apparenza, completamente indifferente.

"Che graziosa donna, la tua mamma. La mia non l'ho mai conosciuta", disse quando restarono sole.

"Mi dispiace", rispose Perla, che ormai iniziava a voler bene a quel puntino di luce scortese.

"Si è fatto tardi. La Lughnasadh sta per cominciare", fece la fata.

"Aspetta", farfugliò Perla alzandosi in piedi. "Posso venire con te?"

"Dovrei prima insegnarti ad entrare nei libri."

Perla a queste parole rimase perplessa. Aveva sempre pensato che i libri si potessero leggere. Aveva anche visto persone che usavano i libri per venderli, e sapeva per certo che gli scrittori scrivevano i libri. Ma che si potessero usare i libri per entrarci, questo non lo aveva mai sentito.

"Allora, se non hai troppa paura, seguimi", disse Elenie, dirigendosi verso il libro da cui era uscita, "vedi, le parole sono come i fiori. Ci sono quelle belle che istintivamente ti viene da cogliere perché brillano nei boschi dove c'è l'amore, quelle tristi che conoscono solo il buio perché nascono in mezzo alla solitudine, e quelle cortesi che non sono libere perché sono nei giardini delle regole. Ma se saprai trovare l'armonia tra l'amore, la solitudine e le regole, riuscirai a penetrarle. Così come la linfa vitale nutre i fiori, il pensiero nutre le parole. Le diverse lingue non sono altro che bouquet dai colori diversi, e sono proprio le sfumature a renderle quello che sono. Non devi mai rinnegare le sfumature della tua anima, perché significa rinnegare ciò che sei."

"Quindi le differenze sono belle", disse la bambina.

"Esatto. Sono come il sole che fa risplendere i fiori, come il vento che diffonde il loro profumo", rispose la fatina. Dopo qualche secondo di silenzio, in cui entrambe riflettevano, Elenie esclamò: "Ya'aburnee".
"Che cosa vuol dire?", chiese Perla.
"E' una parola araba che non si può tradurre in nessun'altra lingua. Indica il sentimento per cui si nutre la speranza che una persona amata viva più a lungo di noi, così da risparmiarci il dolore di vivere senza di lei. Ora capisci cosa vuol dire apprezzare le sfumature?"
Perla annuì.
"Ora, dimentica quello che si può toccare con le mani, e pensa a quello che si può toccare col cuore. Pensa alla cosa più bella che ti ha donato il sorriso", continuò la fata.
Perla pensò al bacio della buonanotte di sua madre.
"Ora, dammi la mano", disse Elenie dirigendosi verso il libro da cui era uscita.

Era quasi sera nella collina delle fate. Tutti sembravano allegri, danzavano e cantavano. Il cibo era delizioso. Una tavola lunghissima con una tovaglia dagli orli dorati faceva sfoggio dei piatti più raffinati. Una musica soave usciva da strumenti che Perla non aveva mai visto. Era davvero un posto unico al mondo. Passarono felici diverse ore alla festa. La collina pullulava di fate dagli abiti lunghi e riccamente decorati.
"Ti piace casa mia?", chiese Elenie, orgogliosa, quando la festa volgeva ormai al termine.
"Moltissimo.", rispose Perla. "Solo che la mamma ormai sarà in pensiero."
"Hai ragione. Se vuoi andare, ormai sai la strada."
Perla tornò nella sua stanza e vide che non era cambiato niente, solo le lancette dell'orologio erano molto avanti.

Scese di corsa e trovò sua madre che l'aspettava preoccupata. Appena la vide l'abbracciò e si scusò per non essere scesa in tempo per la cena.

Perla, che credeva che ormai Elenie si fosse dimenticata di lei, passò il giorno seguente a disegnare fiori. Si mise con il suo sgabellino in giardino, e provò a riprodurre il paesaggio. Pierre era seduto affianco a lei, quasi come a dirle "Perché non lo fai a me il tuo ritratto?" Ma Perla era decisa a cogliere le sfumature dei singoli fiori. Il bassotto, quando si accorse che non era più al centro dell'attenzione della padroncina, trotterellò via. Sapendo bene che una buona pittura parte sempre da un buon disegno, Perla cominciò con delimitare le grandi masse per definire le proporzioni dell'insieme. Disegnò con tratti leggeri in modo da poter effettuare facilmente le correzioni. Stabilì quindi la posizione della fonte luminosa che nei paesaggi è il sole, tranne nel caso in cui si vogliano ottenere effetti particolari come pioggia, paesaggi notturni o illuminati artificialmente come i paesaggi cittadini. Ebbe più problemi quando si trovò a dover disegnare le ombre. Fece confusione con i due tipi di ombre: quella dell'oggetto stesso che non è esposta alla fonte luminosa e quella che l'oggetto proietta sulle altre superfici. Poi si ricordò di quello che aveva detto Elenie a proposito del buio. Anche le ombre erano necessarie per rendere armonioso l'insieme. Abbastanza soddisfatta del suo quadro, tornò in casa quando iniziò a piovere.

Quando salì nella sua stanza fu oltremodo meravigliata di ritrovare Elenie che l'aspettava mettendo dei petali di rosa nella bottiglia del succo di pompelmo.

"Sei tornata!", esclamò Perla col cuore colmo di felicità.

"Allora, pronta per fare un viaggio?", disse la fata.

Questa volta Perla già sapeva cosa fare, pensò alle cose felici e prima di avere il tempo di vedere il titolo del libro che Elenie aveva aperto, si ritrovarono in un bel giardino, di fronte a una grande villa, con domestici che entravano e uscivano, frettolosi di sbrigare le loro faccende. Camminarono per un po', finché giunsero fuori dalla villa, e intravidero quella che doveva essere la piazza del paese. Una pietra posta all'inizio della strada che conduceva alla piazza recava la scritta "Benvenuti nella città di Ombrosa". Prima ancora che si potessero accorgere che in quel paese c'era qualcosa, o meglio qualcuno, di estremamente originale, furono fermate da un contadino, che chiese ad Perla se avesse bisogno di mele, perché lui vendeva le migliori mele di tutta Ombrosa, poteva starne certa. Perla lo ringraziò, e disse che se ne avesse avuto bisogno non avrebbe esitato a comprarle da lui. Elenie si era nascosta nella tasca del vestitino arancione della bambina, e non appena il villano se ne andò, uscì subito di lì e si posò sulla spalla di Perla, giocherellando con un ciuffo di capelli. Ad un tratto ad Perla sembrò di aver visto qualcosa in lontananza, tra le fronde del bel giardino della villa da cui poco prima si erano allontanate. Avvicinandosi notò con enorme stupore che su un noce, proprio sopra la sua testa, era seduto un bellissimo giovane. Indossava un cappello di pelo di gatto selvatico e aveva uno sguardo fiero che tradiva una grande intelligenza e forza di volontà.

"Barone Cosimo Piovasco di Rondò. Onoratissimo", si presentò.

Anche Perla, ancora stupita da quello strano ragazzo, si presentò. Poi si rese conto che per tutto il tempo che Cosimo aveva camminato sugli alberi, saltando con grande agilità tra i rami, una macchiolina marrone lo aveva seguito da terra. Ora poteva guardarla da vicino e scoprire cos'era. Si rivelò essere un bassotto.

"Lui è Ottimo Massimo", disse il barone, come se l'avesse letta nel pensiero.

"Anch'io ne ho uno", disse Perla entusiasta.

Fece amicizia immediatamente col simpatico aiutante del barone, che dimostrò di essere un fedele compagno di caccia per Cosimo.

"Se posso permettermi", chiese Perla dopo aver vinto l'imbarazzo iniziale, "Come mai vivete sugli alberi?"

"Libera scelta, mademoiselle. Decisi di condurre questa vita quando ero poco più che un bambino. Vedete, ogni creatura su questa terra nasce con un dono, piccolo o grande che sia. Ma purtroppo sono poche quelle che hanno il coraggio di essere se stesse, perseguendo i propri sogni. Il mio è quello di aiutare gli altri, di studiare nuovi modi per migliorare l'attività umana. Chiedete pure ai contadini. Solo perché guardo la realtà da qui sopra non vuol dire che non ne faccia parte. Anzi, resto qui per essere d'aiuto. E' preciso dovere del filosofo avere occhio critico", rispose Cosimo.

"E così siete un filosofo", Perla lo guardò affascinata.

Il barone, che sapeva di esercitare un certo fascino sulle ragazze, assunse un aspetto ancora più fiero.

"Monsieur Voltaire diceva *La superstition met le monde entier en flammes; la philosophie les éteint.*"[1]

"Grazie Monsieur le Baron, mi avete insegnato molto." Disse Perla, quando decise che era tempo di tornare a casa.

"Addio, mademoiselle. E ricordate: *Sapere aude!*"

---

[1] La superstizione mette il mondo intero in fiamme, la filosofia le spegne.

Elenie le disse di chiudere gli occhi e di pensare alle cose felici, così, in men che non si dica, lasciarono Ombrosa e tornarono nella piccola casa in Provenza.

Emile tornò a casa felice. Era la prima volta che un libro le aveva insegnato davvero qualcosa. Certo, i libri che aveva studiato a scuola le avevano insegnato cose utilissime e fondamentali, come leggere, scrivere, contare, o come la storia e le scienze. Ma questa volta era diverso. Stavolta aveva capito delle cose che le sarebbero servite nella vita, nelle scelte, nei rapporti con le altre persone. Fu così che una bambina scoprì che studiare non era abbastanza, che qualche volta bisognava andare oltre le pagine dei libri, per cibarsi dei sogni che ci sono dietro ogni parola, e che la letteratura insegna a vivere.

L'autunno era alle porte. Le venne in mente un'idea, che fece subito presente alla sua alata amica: perché non entrare in un libro dove il clima fosse caldo e l'atmosfera da sogno? Magari in Oriente…
Passando lo sguardo tra i libri che suo padre le aveva messo nella piccola libreria di mogano, Perla iniziò a leggerne i titoli, e ad un certo punto, con sua grande soddisfazione, trovò quello che stava cercando. Copertina verde smeraldo, rilegatura preziosa, ghirigori dorati, un vero libro da collezione. *Le Mille e una Notte* è uno di quei libri che sa rapire il lettore fin dalle prime righe. Elenie sfogliò le pagine, poi guardò Perla negli occhi e le disse: "Pronta a salpare verso la terra dei sultani?"

Il paesaggio che si presentò loro superava anche le migliori aspettative di Perla. Immersa nel blu, la dimora del sultano Shahriyar era decorata con lucenti statue d'oro, tende trasparenti da cui si poteva veder brillare la luna, tappeti dai fili argentei e giardini in cui crescevano piante esotiche. Vicino alla grande fontana c'era una voliera enorme in cui uccelli dalle piume fiammeggianti si facevano ammirare in tutta la loro bellezza. Ma furono i profumi a impressionare ancora di più Perla. Tutt'intorno si poteva respirare un'aria densa delle più rare fragranze, e sembrava quasi di stare vicino alle bellissime mogli del re. Un servo si avvicinò loro e disse che la principessa Sharāzād sarebbe scesa di lì a poco per passeggiare con le sue ancelle e godersi la fresca brezza della sera. Perla era impaziente di vedere la meravigliosa principessa, la cui fama di donna intelligente e amabile arrivava in tutti gli angoli del regno. Mentre aspettavano Elenie notò un grazioso pesciolino nella fontana, che con i suoi salti faceva schizzare piccole gocce d'acqua, che alla luce lunare apparivano di un grigio lucente, quand'ecco che le porte del palazzo reale si aprirono per far uscire la principessa e il suo seguito.

Sharāzād, vestita d'azzurro, indossava monili d'oro e zaffiri. I lunghi capelli scuri, acconciati e contornati dal sottilissimo velo, ricordavano le regine indiane. Gli occhi verdi erano truccati con il kajal e sprigionavano una luce tale da far impallidire tutte le altre bellezze di cui pullulava la ricchissima dimora del sultano. Un'ancella ruppe per prima il silenzio:

"Ma come avete fatto mia regina? Come siete riuscita a convincere il re a non uccidervi dopo la prima notte di nozze?"

"Era arrivato il momento che qualcuno spezzasse quest'assurda catena di morte e di odio", rispose con voce dolce e leggermente rauca Sharāzād.

"Nessuno credeva che sareste riuscita a convincerlo a non odiare più l'intero genere femminile dopo che la sua prima moglie lo tradì", fece un'altra ancella.

"Proprio così. Il re aveva giurato di uccidere ogni donna dopo averla sposata, e ha sempre mantenuto la sua promessa con le precedenti mogli, ma voi siete riuscita a fermare tutto questo. Raccontateci il vostro segreto, maestà, ve ne preghiamo", proruppe la più giovane fra quelle.

"Ebbene, state ad ascoltare la mia storia trasognante. Fin dalla prima sera del nostro matrimonio, ho raccontato al re storie straordinarie che parlavano di eroi e di viaggi in paesi lontani, ogni racconto incatenato l'uno all'altro come anelli di una collana. Terminavo sul punto più bello la storia, dicendogli che avrebbe dovuto aspettare la notte successiva per sapere come continuava il racconto, destando così la sua curiosità. Col passare del tempo Shahriyar ha dimenticato l'antico odio per le donne; il tempo e la fantasia l'hanno riconciliato con la vita. Ho salvato con l'aiuto della bellezza della parola scritta me stessa e ben più di mille e una fanciulla."

Elenie disse ad Perla, una volta che si furono allontanate: "Questa è una storia di per sé straordinaria, che offre Shahrazàd all'ammirazione di lettori e artisti fin dall'antichità. Shahrazàd è diventata per l'occidente la regina-madre di tutte le odalische che hanno popolato da secoli le letterature europee, le gallerie d'arte e i palcoscenici dei balletti. Per il mondo arabo Shahrazàd è il simbolo della forza dell'intelligenza, del fascino della parola e del potere di seduzione E' una donna attiva, abile, astuta, artefice della propria salvezza e di quella delle altre donne, capace di suscitare amore nel sovrano e di conservare vivo in lui questo amore."

Una volta uscite dal quel libro, Perla si ritrovò ancora più felice e frastornata di come si era sentita dopo i precedenti viaggi nel mondo della fantasia e della magia. Iniziò a pensare che se ci fossero state abbastanza mamme che leggevano le fiabe ai propri figli, allora il mondo sarebbe diventato un posto migliore. Passavano i giorni e Elenie la conduceva dentro le trame dei libri del passato, facendo rivivere quegli spiriti eletti la cui penna aveva regalato gioia e comprensione alle generazioni successive. Suo padre, pensò Perla, e suo nonno prima di lui, forse avevano conosciuto quelle storie, le avevano amate come ora le amava lei, e avevano imparato tante cose come le stava imparando lei. Mentre Perla era andava errando tra tutti questi pensieri, fuori dalla finestra la neve era iniziata a cadere morbida e silenziosa sul tappeto verde che circondava la casetta, fatto di fiorellini ormai troppo deboli per resistere al freddo di dicembre. Nel paesello i contadini erano indaffarati a preparare le loro tavole, a cucinare succulente pietanze natalizie, e si respirava un'aria di dolce allegria, come in ogni luogo del mondo quando si sta avvicinando la festa delle feste, quella che fra tutte si aspetta di più, quella di cui i bambini sognano. Il Natale era alle porte. Elenie si era fatta cucire un cappellino rosso e si sentiva parte di quella comunità. Anche lei amava il Natale. Perla, invece, da quando i suoi genitori si erano separati aveva iniziato a considerare il Natale solo come una delle tante festività che le ricordava quanto fosse infelice e sfortunata rispetto agli altri bambini che potevano festeggiare come una vera famiglia. Elenie, sicura che esistesse da qualche parte in quella piccola libreria di mogano il volume giusto per la sua piccola amica, era decisa a farle amare di nuovo il Natale. Dopo avere rovistato un po' tra le mensole, tornò con una risatina da Perla, indicandole un libro dalla copertina rossa, su cui era scritto *Canto di Natale* di Charles Dickens.

Chiusero gli occhi ed entrarono nel libro. Perla aveva sempre sognato di vedere Londra per tutto quello che evocava, e soprattutto per le grandi opere letterarie che vi erano nate. E ora camminava su un marciapiede, proprio nella città che aveva amato ancora prima di conoscere. E davanti a lei si stendeva un mondo da scoprire. Implorò Elenie: prima di arrivare dal protagonista del libro la doveva condurre assolutamente nel quartiere di Bloomsbury. Dopotutto era lì che si trovava la casa all'angolo, da dove Peter Pan aveva inziato la sua avventura. Quando si trovò lì, di fronte alle vere case inglesi di quel quartiere, Perla provò un'emozione che attraversò tutto il suo corpo e la sua anima. Era lì che James Matthew Barrie aveva deciso di far iniziare la sua storia preferita, quella che dovrebbe essere letta a tutti i bambini. Perla pensò che un mondo dove si incontravano la realtà e la fantasia, la vita e la letteratura, era il posto in cui lei voleva vivere. Si misero in cammino, e Perla osservava estasiata la bellezza delle case inglesi e lo stile di quella città. Tutto come l'aveva immaginato nei suoi sogni, anzi no, era molto, molto più bella. Passarono per Notting Hill e i suoi colori pastello restarono impressi nella memoria della bambina. Ad Abbey Road camminò fingendosi una dei quattro ragazzi di Liverpool. A Baker Street ebbe la sensazione di stare per entrare in un altro libro e le fu difficile non distrarsi dal motivo per cui erano lì: conoscere la storia di Scrooge. Perla tratteneva il fiato ogni volta che sul muro di un edificio una targa indicava quale scrittore era vissuto in quella casa, e avrebbe voluto fermarsi molto di più in tutti i posti che attiravano la sua attenzione e desiderio di conoscenza. Tra sorrisi di ammirazione e riluttanza da parte di Perla a camminare così veloce, giunsero a destinazione.

"Eccoci arrivati", disse Elenie fermandosi davanti ad un massiccio portone scuro. Pioveva ed Perla ebbe un po' paura di entrare in quella casa così tetra. Ma pensò che se Elenie diceva che era lì, allora poteva star certa che la storia si svolgeva proprio in quel posto sinistro. La porta si aprì come se una folata di vento avesse attraversato l'edificio. Il tappeto era sudicio, la polvere era posata su tutti i mobili, come se da tempo le persone avessero smesso di prendersi cura di quella casa. Senza dubbio si trattava di un'abitazione borghese, come si poteva notare dall'arredamento.

"Venite, ve ne prego. Ad essere sincero vi stavo attendo da un bel po', miei cari lettori", disse un vecchio seduto su una poltrona.

Perla e Elenie si sedettero e sorseggiarono la tazza di thè che il vecchio gli aveva offerto. Elenie era più interessata ai pasticcini.

"Vedete, nella mia vita ho commesso numerosi gesti di cui poi mi sono pentito e la mia condotta non è mai stata delle migliori. Tuttavia Dio ha voluto darmi un'occasione, prima che la mia esistenza volgesse al termine. Ebbene, io mi chiamo Ebenezer Scrooge. Per il mio lavoro di finanziere ho sviluppato fin da giovane una particolare passione per il denaro e la ricchezza in genere…ma che dico, è stato proprio a causa della mia grande avarizia che ho scelto di fare questo mestiere. Parlo al passato, come potete notare, perché spero di non essere più l'uomo disgustoso che ero un tempo."

Perla pensò come fosse possibile che un così amabile e gentile vecchietto poteva essere stato da giovane l' essere spregevole che lui stesso si definiva.

"Ho amato solo il denaro, sprecando tutta la vita ad accumularne così tanto che avrei potuto vivere circondato da servi in un palazzo d'oro. Ora so che non c'è niente di più terribile dell'animo di un uomo in cui regna la durezza di cuore. Per me le persone erano solo strumenti utili a guadagnare soldi, e quelle che non servivano a questo scopo per me non erano altro che parassiti. Non ho donato il mio amore a nessuna donna, non ho avuto nessun figlio, non mi sono mai commosso davanti al miracolo di un fiore che sboccia o davanti ad un gesto nobile", continuò il vecchio mentre gli sfuggì una lacrima impercettibile che cadde sulla sua guancia rugosa.

"Una notte mi sono apparsi tre spiriti e mi hanno mostrato le conseguenze delle mie azioni, facendomi capire che lo spirito del Natale, la sua generosità, la sua voglia di felicità, dovrebbero vivere perpetuamente nel cuore di ogni uomo. Se il Natale potesse vivere ogni giorno, allora riusciremmo a rendere il mondo un posto migliore. Riusciremmo ad accorgerci di quanto siamo fortunati ad avere due occhi per ammirare la bellezza della natura, due gambe per correre respirando il vento, e un cuore per rendere felici le persone che amiamo. Questo è tutto ciò che conta. Se solo l'avessi capito tanti anni fa…non avrei sprecato tanto tempo a correre dietro a falsi miti e cose senz'anima come il denaro."

La bambina tornò a casa con la consapevolezza che il vecchio aveva ragione. Aveva la sua mamma, il suo papà viveva lontano da loro, era vero, ma l'amore che le donavano entrambi i genitori era grande. Quando andarono a Parigi per festeggiare il Natale per la prima volta sentì di non avercela più con suo padre, quello che contava era essere lì, in quel momento, a celebrare la festa più importante dell'anno.

Perla, sempre più affascinata dalle storie di cui apprendeva nei libri, un giorno fu attratta da quanto era scritto sulla quarta di copertina di un piccolo libro bianco e celeste:
È fra le opere letterarie più celebri del XX secolo e tra le più vendute della storia: tradotto in più di 220 lingue e dialetti e stampato in oltre 134 milioni di copie in tutto il mondo, costituisce in un certo senso una sorta di educazione sentimentale. L'opera, sia nella sua versione originaria che nelle varie traduzioni, è illustrata da una decina di acquerelli dello stesso Saint-Exupéry, disegni semplici e un po' naïf che sono celebri quanto il racconto. Il testo è dedicato al bambino che fu Léon Werth, amico dell'autore, il quale qualche mese più tardi scrisse d'essersi pentito e che avrebbe dovuto dedicarlo alla moglie Consuelo Suncín. L'autore lo scrisse negli Stati Uniti, mentre abitava nella "Bevin House" di Asharoken, Long Island, NY.
"Mi piacerebbe molto entrare in questo libro", esclamò Perla.
Elenie, che spesso fingeva di essere indifferente a tanto entusiasmo, sotto sotto ne fu felice. Quello era uno dei suoi racconti preferiti. E ricordava come se fosse stato ieri il giorno in cui la sua adorata nonna gli aveva letto quella storia meravigliosa. Ma questo era accaduto quando Elenie era ancora una piccola fata.
"Non appena lo conoscerai, resterò per sempre nel tuo cuore."
"Chi?", chiese Perla.
"Il piccolo principe", disse la fata.
Chiusero gli occhi e si ritrovarono nel deserto. Perla riusciva a scorgere solo povere e sabbia ovunque volgesse lo sguardo. Ma la fata le indicò col dito qualcosa che si ergeva in lontananza. Pian piano si avvicinarono e Perla riuscì a riconoscere un aereo. Spaventata, notò un piccolo bambino

vestito con uno strano mantello azzurro che stava seduto accanto al grande veicolo.

"Ho fatto un viaggio", disse il bambino come se stesse pensando ad alta voce. Sembrava non essersi accorto della presenza di Perla.

"Ho cercato e cercato. Ho esplorato luoghi lontani. Ma finalmente l'ho trovato", proseguì.

"Scusa, ero qui e non ho potuto far a meno di sentire. Sono Perla. Anche io amo viaggiare. Cosa hai trovato?"

"Me stesso", rispose il piccolo principe senza turbarsi minimamente alla vista della bambina.

"La volpe mi ha mostrato che senza i legami la vita è ben misera cosa, la rosa che è importante prendersi cura di ciò che si ama, e il pilota che il cammino che ci porta alla conoscenza è lungo e necessita pazienza."

Perla, estasiata a quelle parole, chiese: "E tu, chi sei?"

Il bambino, con aria sicura e felice, rispose: "Io sono l'incarnazione dell'infanzia, l'epoca d'oro in cui si è capaci di vedere con sguardo puro il resto del mondo e dargli, fiduciosi, un'opportunità."

Perla tornò a casa serena. Aveva imparato che un libro non va letto solo con gli occhi, ma anche con la mente e con il cuore.

"Elenie, tu mi hai insegnato a credere nei sogni e mi hai fatto vedere luoghi meravigliosi. Ora posso capire. Io voglio aiutarti a realizzare il tuo sogno. Dimmi la storia della nuvola arcobaleno. Ti aiuterò a trovarla."

"E va bene – disse Elenie – siediti e ascolta." Ma prima bevi un po' di pozione, servirà a tenere lontano le creature malvage e il malocchio."

"Non voglio altro succo d'arancia, grazie", disse Perla. "E ora, ti prego, raccontami."

"Bene", cominciò Elenie, "La nuvola arcobaleno è un evento rarissimo in Europa. La prima fu avvistata dai miei avi ben tre secoli fa.

Ma poco prima che arrivassi qui da te un vecchio in Irlanda ha predetto che l'incredibile evento avverrà la settimana prossima in Francia. Durerà solo venti secondi. La nuvola Arcobaleno è un fenomeno che avviene quando le piccole gocce di acqua che compongono la nube sono tutte più o meno della stessa misura. Se il sole poi è nella giusta posizione le nuvole possono riflettere i suoi raggi in questo modo. I colori sono differenti a causa del diverso spessore delle varie zone della nube, che possono essere più dense da una parte e più sottili dall'altra. Purtroppo però l'iridescenza tende a sparire non appena le nubi cambiano forma al loro interno o mutano posizione rispetto al sole. Lasciando il fugace spettacolo solo per pochi fortunati. Se riuscissi a vederla riuscirei finalmente a fare quello in cui non sono mai riuscita. Rendere mio padre orgoglioso di me."

Passarono giorni e poi settimane intere alla ricerca della nuvola. Ogni mattina uscivano dalla piccola casa e, armate di pazienza ed entusiasmo, cercavano sotto le foglie qualche indizio, qualche goccia di pioggia che avrebbe potuto essere un presagio dell'arrivo della nuvola. Sdraiate sull'erba osservavano il cielo, e qualche volta dimenticavano che si trovavano lì perché cercavano la nuvola, tanto era bello e sconfinato quel tetto azzurro. La sera le stelle brillavano su di loro e Perla immaginava altri mondi oltre quella distesa blu cobalto. Altri bambini, altre fate, altri libri. E così, si addormentavano sognando ancor prima di chiudere gli occhi.

Elenie ogni giorno era un po' più scoraggiata e temeva che non sarebbe mai riuscita a trovare la nuvola. Perla, guardando la sua libreria notò un libro che fino a quel momento non le era mai saltato all'occhio. Prendendolo vide che non era come tutti gli altri, infatti era davvero molto strano. Le sue pagine erano tutte bianche. E all'interno, un biglietto.

Mia dolce Principessa, spero ti sia piaciuta la tua libreria e la stanza che ho arredato per te. Da questi libri avrai di sicuro imparato molto, ma questo libro rappresenta ciò che sceglierai di essere. Le pagine sono vuote perché sarai tu a scriverle. Vivi la tua vita e circondati di felicità. È la tua storia.

Con amore,
Papà

Perla si precipitò fuori correndo per cercare Elenie, voleva mostrarle quel regalo meraviglioso. Ma sulla soglia vide la fata con una luce diversa negli occhi. Poi guardò di fronte a lei e vide i colori dell'arcobaleno tra il candore di una nuvola.

La libreria di mogano
© 2018 - Paola Gallo

ISBN | 978-88-92626-68-3

Youcanprint Self-Publishing
Via Roma, 73 - 73039 Tricase (LE) - Italy
www.youcanprint.it
info@youcanprint.it
Facebook: facebook.com/youcanprint.it
Twitter: twitter.com/youcanprintit

Finito di stampare nel mese di Luglio 2018
per conto di Youcanprint *Self-Publishing*

www.ingramcontent.com/pod-product-compliance
Lightning Source LLC
Chambersburg PA
CBHW060950130726
48001CB00003B/1142